SHADES OF BLACK

Shivangi Sharma (Shivu)

(Compiler)

BookSquirrel Publications

BookSquirrel Publication

Mahadev Totala Nager, Indore (M.P), 452001
Regd Under MSME
Website:*www.booksquirrelpublication.com*

"Shades Of Black"

By: Shivangi Sharma

ISBN: 978-93-89923-30-8

English Fictional Novel 1ˢᵗ Edition

Book Formatting: Muskan Shah

Cover Design: Ronak Chavda

DISCLAIMER

This anthology is a fiction. The compiler has tried best to edit and curate the content of the co-authors and is made plagiarism-free.

All the write-ups in this book are unique.

In case of any plagiarism detected, neither the compiler nor the publishers are responsible. Co-authors will be solely responsible for their own content.

ACKNOWLEDGEMENT

The making of this Anthology would not have been possible without the co-authors. A gratitude towards all who have worked hard and have made effort for this book to be a success.

I am thankful to BookSquirrel Publication without whom this project would not be possible.

Above all, the hearthy thanks to our parents, family and friends for supporting us through out this project. Lastly, we thank the almighty for giving us this opportunity and strength to complete it successfully.

COMPILER

SHIVANGI SHARMA

Shivangi Sharma (Shivu) a free lance poet born in the month of Feburary. She is attracted towards the contents related to love, life and family. ' Shades of black' is her first anthology. Her poems portrays her experiences towards the society. She has penned her feelings, her pain in this anthology with other amazing writers. She aspires to be a well known interior designer. Her hobbies includes painting, music and travelling.

Follow her:
tit_forr_tat

<u>SOME OF HER WORK:</u>

<u>(1)</u>

"कभी अभिमान तो कभी स्वाभिमान है पिता...
कभी धरती तो कभी आसमान है पिता...
जन्म दिया है अगर माँ ने...
जानेगा जिससे जग वो पहचान है पिता...

कभी रोटी तो कभी पानी है पिता...
कभी बुढापा तो कभी जवानी है पिता...
माँ अगर है मासूम सी लोरी...
तो कभी ना भूल पाऊंगी वो कहानी है पिता..."

<u>(2)</u>

नहीं संभालता ये इश्क़ अब, टूटकर बाहों में बिखरना ज़रूरी है,
तुम समेट लो बाहों में हमें, इश्क की यही दस्तूरी है।

जो बातें अधूरी हैं, कहना भी ज़रूरी है,
हां दूर रहना मजबूरी है, दिल लगना भी ज़रूरी है।

मिलना है तुझसे खुद को खोने से पहले, आज गले लगना ज़रूरी है,
तुम पास आ जाओ, ये धड़कन सुनना भी ज़रूरी है...

<u>(3)</u>

लिख दु आज मैं कुछ उस बेटी के नाम,,.
जो यूं ही बन गयी इस दुनिया के दरिन्दों की शिकार,,.

सोचो जिसकी बेटी के साथ हैवानियत हुई!
आज ये फिर कैसी इस देश में बगावत हुई,,.

लुटी है एक बेटी, तो लुटा सम्मान सबका है।।

याद रख तू एक लड़की है।
तू खुद में ही एक शक्ति है।

ना बन शिकार और कर अब वार,,
बहुत हुआ यह अत्याचार,,अब बस कर यार,,

उठा हथियार और ठोक दे इस बार
ना डर इस बार क्योकी अब बहुत हुआ अत्याचार

<u>(4)</u>

मुहब्बत सिर्फ सब्र के अलावा कुछ नही ,
हर इश्क़ को मैंने इंतज़ार करते देखा है !!

देखा पलट कर उसने चाहत उसे भी थी ,
दुनिया से मेरी तरह शिकायत उसे भी थी

वो रोये थे मुझको परेशान देख कर ,
उस दिन पता चला मेरी जरूरत उसे भी थी !!

<u>(5)</u>

जो चोट खाकर बैठे है
वो शायर बन बैठे है

टूटे दिल के सारे टुकड़े
अल्फाजो से जोड़ बैठे है

हाल ए दिल जमाने में
सुनाने और जाये कहां

कोरे पन्नो के सिवा
सब मशरूफ बैठे है

ABDULLAH KHAN WAL
(ig: Abdullah_khan_52422)

He is Abdullah Khan wali 21 years old. He is having blessings of **Hazrat Niyazuddin Shah Burhani Nizami R.A** matarual grandfather of Abdullah.He is born in Jamshedpur Jharkhand and also up coming Poet of Urdu.He is writing poems form last 12 years. Reading books is his all time favourite thing to do and 'Shades of black' is his first anthology.

ग़ज़ल:

अब क्या बताऊं रात कैसी तेरे जाने से गुजरे ।
मजा तो आए तब कि तेरे लौट आने से गुजरे ।

उसे मोहब्बत का सलीका[1] भी था और मेरी आरजू भी
इस बात को गुजरे भी कोई ज़माने से गुजरे ।

अब बचा क्या है क्या देखने आओगे तुम
बहुत हो चुकी देर उसके जनाजे को गुजरे ।

तूने तो बड़ी आसानी से फैसला-ए-हिजरत[2] कर लिया
तुझे क्या मालूम मेरे दिल में उस वक्त क्या क्या थे गुजरे ।

अकेले रहने की आदत डाल लो अब " अब्दुल्ला"
उसके साथ ना तेरी गुजरी थी ना कभी गुजरे ।

1.   तमिज 2. अलग होने का फैसला

••

चलो हम मंजिल का पता ढूंढते है ।
हमे वो ढूंढे न ढूंढे उसे ढूंढते है।

किसको गुमा[1] की वफ़ा से है ।महोबत ।
हम तो बारे[2] महफ़िल कोई बेवफा ढूंढते है ।

तुम मुझे ढूंढो मैं तुम्हे धुन्दू ।
हम मैं से एक है खोया उसे ढूंढते है ।

ज़िन्दगी गुज़री किन कसम-ओ-कस[3] बी ।
गए जीते ओर जीने का वजह ढूंढते है ।

हकीकत की एक सेहरा[4] की तरह हुन मैं

ओर लोग मुझे मैं पानी का पता ढूंढते है ।

दोस्ती भी ज़माने की क्या खूब है "अब्दुल्ला"।
ज़रूरत में ही सिर्फ हर जगह ढूंढते है।

1. गलतफहमी 2. पूरे 3. खींचातानी 4. रेगिस्तान

दिल मे तुम आज भी कैद हो क्या?
तुम जैसे है कोई या फिर तुम्ही हो क्या?

साथ तुम्हारा अरमान मेरा बरसो का
तुम मेरी हसरत[1] हो क्या?

जिससे महरूम[2] रहा पा न सका
तुम वही मंज़िल[3] हो क्या?

मैं लायक नही किसी से भी नजरे मिलाने की
तुम मुझे अभी भी अपना लायक समझती हो क्या?

मैं मुझे में मर गया हूँ शायद
तुम मुझमे मैं अभी भी कही ज़िंदा हो क्या?

बरसो बरस लग जाते है नाम बनाने के लिए
तुम गरीब की कमाई वही इज़्ज़त हो क्या?

तूफान की गिरफ्त में आके आंखों से आंसू आ गए
मेरी निघाओं में जो फस गए तुम वही धूल हो क्या?
1. कामना 2. असफल 3. पड़ाव

ABHIJEET KUMAR THAKUR
(ig: _abhijeetpordag)

कहानियों और किताबों में खुद को ढूंढता हूं। क्या दूं मैं अपनी पहचान शायद आप मुझे मेरे कलम से मुझे पहचानो। खुद को बहुत ढूंढता हूं मैं चारों तरफ,पर कहीं नहीं पाता। अगर आप मुझे कहीं ढूंढ पाओ तो मुझे जरूर बताना। कहानियां आपकी सिर्फ कैरेक्टर चेंज होते हैं|

वैसे मैं गिरिडीह का रहने वाला पर जमशेदपुर में मास कॉम पढ़ रहा हूं |

आकर्षण

कॉलेज में आज मेरा पहला दिन था आज मैंने सभी से बातें की पर उन चेहरों में एक चेहरा अलग था जो पता नहीं क्यों मुझे भी चुंबक की तरह खींचे जा रहा था मैं अपने सीट पर बैठ कर भी उसी के सामने बैठा हुआ था। और मैं उसको देखकर मग्न था। टीचर की लेक्चर और मेरा ध्यान उसी पर फ्रैक्चर था।मुझे ऐसा लग रहा था जैसे फोन के कैमरे का पोर्ट्रेट(potrait) ऑन हो और बाकी सब मुझे ब्लर लग रहे थे। आज उसे देखते देखते कब सेमिनार खत्म हो गई मुझे पता ही नहीं चला। जब मैंने उसके बारे में पता किया तो मुझे पता चला कि वह सीनियर है। आज से मैंने सीनियर को दीदी बोलना छोड़ दिया था। अब मैं सबको सीनियर बोलकर बुलाता। उसकी वजह थी वो क्योंकि कहीं मुझे उसे भी दीदी ना बोलना पड़े, अब से मैं रोज उसे देखा करता और पता नहीं उसे देख कर मेरा दिल फुदकने लगता, बाग बाग हो जाता मैं हवाओं से बातें करता और इस बेसुरे आवाज में भी मेरे अंदर गाने की पुकार आ जाती

वो गाना है ना

∗∗मेरी सामने वाली खिड़की पे∗

∗एक चांद सा टुकड़ा रहता है।∗

ओर एक अदृश्य सा आदमी मेरे अंदर घुसकर गिटार बजाने लगता। शायर ना होते हुए भी मैं शायर बन जाता। यह मेरे इकतरफा वाला आकर्षण था। पर मुझे फर्क नहीं पड़ता, मेरे क्लासमेट उससे घंटों बातें करते पर मुझमे वो साहस नहीं थी कि मैं उससे बातें कर सकूं। मैं उनकी बातों को सुनकर भी खुश हो जाता। मैं दूर किसी कोने में बैठ अपने कानों में हेडफोन लिए गाने को बिना बजाए घंटों उसकी बातें सुनता। पर लोगों को दिखाता कि, मैं गाना सुन रहा हूं। आज उसने मुझसे कैजुअली पूछा फर्स्ट सेम मैंने हामी भरी पर आज पूरी रात मैं सो नहीं पाया आज पूरी रात मुझे फर्स्ट सेम,फर्स्ट सेम सुनाई दे रहा था।आज मुझे पता चला था कि एकतरफा वाला आकर्षण होता ही ऐसा है। वे किसी से बातें करती खेलती कूदती कुछ भी करती पर मुझे फर्क नहीं पड़ता। जब मुझे पता चला कि उसका कोई बॉयफ्रेंड भी है, पर मुझे फर्क नहीं पड़ा। क्योंकि इस एक

तरफा आकर्षण में मेरा उसपे कोई हक नहीं था पर मेरी खुशियों पर सिर्फ मेरा हक था और मेरे सामने सिर्फ उसकी मौजूदगी मेरी खुशियों का कारण बन चुकी थी।

मैं और दिनों की तरह ही कोने में बैठ उसे देखता रहता। मेरे लिए उसका वर्चस्व होना ही काफी था मैं उसे देख कर ही खुश था। मैंने यह राज अपने मन में छुपा कर रखा था। मैंने यह बातें अब तक सिर्फ एक को ही बता रखा था, पर वह भी कंफ्यूज था, कि यह कैसा आकर्षण है। वह मेरा दिल था। दिल भी नहीं जानता था कि ये प्यार है कि कुछ और। प्यार ना होने का भी कारण था मैं ठहरा काला, थोड़ा सा healthy वह अगर चाहती भी तो कैसे चाहती। वह हमेशा गोरे चिट्टो के साथ घूमती । पर मैं हमेशा उसे अपने मन में घुमाता क्योंकि मन तो मेरा था,और उसे मैंने अपने मन मंदिर बसा कर रखा था। मैं उसे दिल के एक कोने में रखता और जब उससे बातें करने का मन करता दिल के दरवाजे पर खटखट करता और उसे निकाल लेता। अगर वह मुझसे बातें करती भी तो क्यों करती मैं ठहरा एकतरफा वाला इंसान मैं अपने में मग्न था। पर वह नहीं जानती थी कि मेरे मग्न होने का कारण भी वही थी। ऐसा लग रहा था जैसे उसे देखकर ही मेरी जिंदगी गुजर जाएगी। जिंदगी में बहुत तकलीफें थी अभी तक घर से monthly के लिए पैसे नहीं आए थे। आज मुझमें और पापा में थोड़ी बहस हो गई। कॉलेज के नोट्स मैंने अब तक नहीं बनाए थे। पर यह सब के बावजूद जब भी उसे मैं देख लेता मेरा मन शांत हो जाता बिना हवाओं में जैसे सूखे हुए पत्ते उड़ने लगते हैं वैसे ही मेरा दिल खिल उठता था। वह थोड़ी चुलबुली, गोरा रंग चेहरा ऐसा जैसा किसी मूर्ति के चेहरे को निकाल उसमें फिट कर दिया हो। कुछ ज्यादा मालूम था नहीं मुझे उसके बारे में। मुझे मालूम था कि उसके मन में मेरे लिए कोई feeling नहीं है पर मुझे इससे भी कोई शिकायत नहीं थी, मैंने खुदा से कभी यह भी शिकायत नहीं कि मुझे खूबसूरत क्यों नहीं बनाया। ताकि औरों की तरह मैं भी उससे बातें कर पाता। मुझे सबसे ज्यादा बुरा तो तब लगा जब उसने मुझसे कहा भाई थोड़ा साइड होना उस दिन मैंने अपने मन से कहा भले अगर प्यार ना हो मुझसे तो कम से कम भाई तो ना बोलो। उस दिन मुझे अपने चेहरे पर दया आ रही थी। मैंने

खुद से कहा कि सही में मैं भाई दिखता हूं? ये सारे शब्द तब तक थे जब तक मुझे मालूम नहीं था कि उसका कोई मुंह बोला भाई है जो मेरे पीछे खड़ा है पता है उस दिन अपने 80% लाने पर जितनी खुशी नहीं हुई उतनी हुई। जैसे कोमा जाने वाले patient जब वापस लौट आते हैं तो जो खुशी होती है वैसी हुई जब भी मैं उसे नहीं देखता या वह कॉलेज नहीं आती तो पता नहीं क्यों मैं बिना पानी की मछली जैसे फुदकने लगता मेरे मन में तरह-तरह के सवाल उठने लगते आखिर क्यों नहीं आई होगी? कहीं उसकी तबीयत तो ठीक होगी? आज पता नहीं कैसे मेरे दोस्तों को उसके बारे में पता चल गया यानी वह सिर्फ इतना जानते थे कि मेरा कोई crush है पर यह नहीं जानते थे कि वह कौन है पर आज तो उसने पूरे डिपार्टमेंट पर हल्ला मचा रखा था सभी मुझसे पूछ रहे थे कौन है? कौन है? पर इस बीच आज उसने भी मुझसे पूछा अभिजीत कौन है तेरी crush मैं उसे बताना चाहता था उसे अपने दिल का हाल दिखाना चाहता था कहना चाहता था कि इस दिल में अब मेरा कोई हक नहीं। पर कुछ बातें मन में ही रखना अच्छा होता है मुझे उस दिन पता चला मैंने उसकी खूबसूरती को देखकर या उसके चेहरे को देखकर आकर्षित नहीं हुआ था मैं उसके सरलता को देखकर आकर्षित हुआ था आज वह अपने दोस्तों के साथ किसी की चुगल खोरी कर रही थी पर मैंने ध्यान नहीं दिया, कुछ दिनों बाद मुझे पता चला कि वह अपने बॉयफ्रेंड के साथ भाग गई । पहले तो मेरा मन विचलित हुआ फिर मैंने सोचा की जब वही नहीं रही तो उसके बारे में सोच कर क्या फायदा। अब मैं अपने मन मंदिर से उसे निकालना चाहता था। मैं अपने दिल को मनाता कुछ समझता उससे पहले मेरे   दिल का फुदकना , गाना गाना कहीं और शिफ्ट हो गया था। अब मेरे अंदर वह सारी चीजें होती जो पहले हो रही थी फर्क सिर्फ इतना सा था कि पहले मेरे सामने वाली खिड़की बजती थी और अब कुछ और.........

*तुझे देखा तो यह जाना सनम

प्यार होता है दीवाना सनम*

और आकर्षित हुआ भी तो सीनियर पे ही।

ABHISHEK CHOUBEY
(ig: abhishek_choubey_03)

Abhishek Choubey, he is not a poet, oh yes! Storyteller. He mainly writes in Hindi, his each and every words have thousands of emotions.

मंज़िल की चाह

मंज़िल की चाह में,
निकला था मैं अपनी राह में!
अंजाम और उसके परिणाम से बेफिक्र!
मंज़िल की चाह में निकला था मैं,
निकला था उसकी राह में!

.

उगते सूरज को सलाम कर,
निकला एक इम्तिहान पर!
कामयाबी की चाह में निकला था,
आया नाकामयाब मैं!
मंज़िल की चाह में निकला था मैं,
निकला था उसकी राह में!

खेल अभी बाकी है,
उसका परिणाम अब भी बाकि है!
कोशिश चुकी है मेरी,
हौसला अब भी बाकी है!
मंज़िल की चाह में निकला था मैं,
निकला था उसकी राह में!

ADARSH GUPTA
(ig: kabiraspeak)

Adarsh Gupta (Kabira) is a writer who write about life, reality and practicality something which is missing in this commercially growing world, where most of the writers are writing about love, betrayal and cheating, He is trying to motivate youth and make them realize everything is part of this life , nothing can substitute it.

Other than a writer, he is instagram influencer who usually talk about mental fitness, passion and the need of content revolution in India

सुन ऐ समाज

तुझे आज अपनी औकात बाताता हूँ
अपने अंदर के सैलाब से रूबरू कराता हूँ,

मै हार कि पहचान हूँ
पर संघर्श बेमिसाल हूँ,

मै चेहरा बदसूरत बेहाल हूँ
पर साफ दिल बेमिसाल हूँ,

मै अल्फाज़-ए-बहार हूँ
पर औरतों का सम्मान हू,

मै कमज़ोर अश्क् हज़ार हूँ
पर मुस्कान बेमिसाल हूँ,

मै शब्द कठोर हज़ार हूँ
पर सच्चाई बेमिसाल हूँ

ANKITA JINDAL
(ig: soulwriters81)

Ankita jindal (Ahana), a lonely poet born with her dreams in the month of joy, happiness and festival, November... She loves playing guitar and writing when not studying... She portrays her experiences and imaginations mostly towards Love, breakup, family, motivational... She has beautifully penned her dreams and her imaginations in this anthology…

तेरी इबादत करूं या तुझसे मोहब्बत करूं,
तेरे दिल मै रहूं या तेरी सांसों मै बस जाऊं।
तुझे जान बनाऊं या तेरे लिए जान दे जाऊं,
तुझे खत लिखूं या अपनी दास्तान बनाऊं।
तुम्हें दिल मै बसाऊं या दिल तेरे नाम कर जाऊं,
अब तुम्हीं बता दो क्या तुम्हारे नाम ये जहान कर जाऊं।।

■■

From take care to I will take care of you,
From inform me once you reach to I will drop you,
From asking things to understanding everything,
From shaking hands to hugging eachother,
From saying bye to talking even after saying bye,
They got to know what love is...

■■

Maybe I am not a princess,
But you are a king...
Maybe I am not truthful,
But you never fail to believe...
Maybe I am not loyal,
But you never deceive...
Maybe I am not the best daughter,
But you are my awesome father...

■■

शायद कुछ बाकी रह गया था हमारे बीच,
तभी आज फिर से मुलाकात हुई है।
जो रह गई थी सालों पहले अधुरी सी,
वो दास्तान अब पूरी होने चली है।।

• •

तेरे बालों को मै अपनी उंगलियों से उलझाता रहूं,
तुझे बेवजह यूहीं सताता रहूं।
जो रूठे तू, अपने कान पकड़ के मानता रहूं,
तुझे फिर से यूहीं नाराज़ करता रहूं।
टी. वी. के चैनल के लिए तुझसे लड़ता रहूं,
तेरी भोली सूरत देख पिघल जाता रहूं।
तेरे रिप्लाइ का घंटों तक इंतजार करता रहूं,
खुदा करे मैं तुझसे यूहीं मोहब्बत करता रहूं।।

• •

ANUSH KUMAR
(ig: avi_kumar_010)

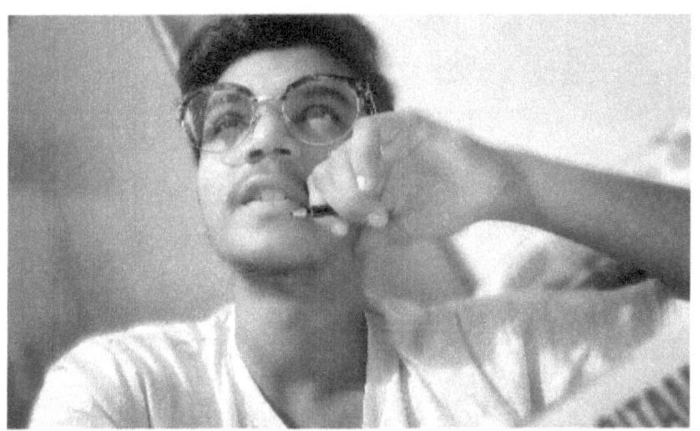

Anush Kumar, a poet born on the Day of Unity in the month of January. His content is being related to Love, Bliss and Heartbreak. His poem portrays his experience that he had felt towards his heartbreaks. He is inspired by his own Love Angle. His poetry contains twist and suspense. He wrote his feeling of love beautifully in this anthology.

फिर से क्यों हुआ ।

मेरे हाथों में लिपटा हुआ वह रक्त ,
क्योंकि जिंदगी मेरी अंधेर में खो चुकी थी ।
सब रो रहे थे ,
मेरी आत्मा आधी सो चुकी थी ।

ऐसा जो मैंने कर्म किया ,
मुझे अपना ही फिक्र ना था ।
संसार छोड़कर जाने लगा ,
फिर भी उसके लफ्ज़ में मेरा जिक्र ना था ।

जीवन के इस संघर्ष में मैं बच गया ।

● ●

ठीक होने के बावजूद मैं ठीक ना था ,
तू आएगी यह आस में बैठा ।
अपने से रूबरू होकर ,
मैं जीना सीख रहा था ।

हार जो चुका था अपने आपसे ,
उस वक्त तेरे सहारे की जरूरत थी ।
उभर चुका था मैं , वह आई ,
जब ना ही तेरे साए की बरकत थी ।

वह मिली मुझे एक दोस्त के रूप में ,
जिसने दिया मुझे सहारा ।

बातें करते ही , वक्त के साथ ,
बन गया है यह रिश्ता गहरा |

शायद मुझे उसकी आदत सी हो चुकी थी ,
मैं तुझे भूल गया |
यादें दफ़न हो रहे थे ,
सारे लम्हे उन आंसुओं के साथ धूल गया |

मैं भूल गया उसे |

मुझे मिली एक दोस्त,
जिसका मैंने ना किया था कल्पना |
अपने अना को एक तरफ रख कर वह,
मुझे दिया है अपना साथी बना |

अवधि के साथ,
होता गया ए गहरा यह रिश्ता |
करीब जो आ चुके हैं, एक दूसरे के समीप,
अंदर ही छुपा दोनों के विश्वास है निष्ठा |

हमारी बातों के बीच तुम्हारी मुस्कुराहट से,
यह माहौल और खूबसूरत बन गई है |
आंखें भी मिल गई, दिल का पता नहीं,
शायद मेरे लिए तू मेरी मोहब्बत बन गई है |

तू मेरे लिए कितनी खास है,
यह भी मुझे पता नहीं |

पास होते हुए कुछ प्यार वाला एहसास है,
शायद ही तुम मुझसे इश्क करती है, यह भी मुझे आगहां नहीं |

आखिर यह फिर से क्यों हुआ |
यह मोहब्बत फिर से क्यों हुआ,
यह तो मैं चाहता ही नहीं |
विश्वास जो उठ चुका है इस शब्द से,
अपने आपको डांट कर मैं सुनाता क्यों नहीं |

मोहब्बत मत कर |

● ●

आखिर मैंने उसे कहा –
"शायद मैं तुमसे प्यार करने लगा हूं |"

उसने समझाते हुए बुझाते हुए कहा - "इस प्यार को मैं इंकार करूंगी | तू मेरा दोस्त है यह मैं सौ बार कहूंगी | हम दोस्त ही अच्छे हैं, प्यार वाले रिश्ते सारे धागे कच्चे हैं |"

मैं खुश हूं जो प्यार करते हुए ना मिला, वह सब दोस्ती में एकत्रित हो रहा | भरोसा-अ-विश्वास , उसका ख्याल रखना , सारी तुम्हारी मित्रता से एकतरा हो रहा |

● ●

ASTHA YADAV
(ig: aasthayadav431)

Astha Yadav is a content writer and she has participated in many anthologies as a co-author. Earlier, writing was not a cup of tea for her but later she gained interest in diary writing and now she pour her heart out on her Instagram page @red_rose431. Apart from writing, she loves sketching and painting too. She tries to complete her work to perfection. And all she wants is to make her parents proud.

THANKYOU!

To all who have tried to break me - Thank you.
That broken and old part of me was indeed a part of my journey that I needed to experience. That break down helped me to become a person, I am today.
So, you people are a blessing in disguise for me. Thank you for being a part of my journey and helping me to recognize my own worth. You have my forgiveness.
I know now that I'm not broken, rather, beautifully and wholly open.

∎∎∎

Her chatting on whatsapp till late night with her loved ones, is her only idea of having something sweet on her silent, boring and lonely days.

∎∎∎

अरमानों की पोटली अब भारी हो गई है,

कुछ अरमानों को अब पीछे छोड़ना पड़ेगा।

अपनों की ख्वाहिशें भी पूरी करनी हैं,

खुद की ख्वाहिशों का अब गला मरोड़ना पड़ेगा।

अब और नहीं चल सकूंगा ये सफर,

अपने कदमों को यहीं से मोड़ना पड़ेगा।

∎∎∎

जहाँ देवी का नहीं, हैवानियत का वास है,

जहाँ दिल का अच्छा नहीं, पैसों वाला खास है,

जहाँ बिना रिश्वत के होता नहीं एक भी काम है,

जहाँ नेताओं की मौज और आम जनता परेशान है,

जहाँ सत्यमेव जयते का रह गया सिर्फ नाम है,

कुछ ऐसी ही मेरे नए हिन्दुस्तान की पहचान है।

ATULYA TATHAGATA

Atulya Tathagata (INSANE), a writer in dreams a poet in illusions!

What Happens To The Dreams When The Dreamer Dies

They say,"Hold fast to dreams,for if the dreams die,Life is a broken winged bird, That cannot fly." But what happens to the dreams when the dreamer dies?
What are dreams,so ambiguous is the word, the imaginative stories,the unconscious views or the aspirations one has? But how can we separate vision for reality, they are so dependent. What we dream about are parts of our subconscious, this psyche stores and retrieves and so the dreams one sees are a subpart of reality. Lord Krishna in Bhagavad Gita said," For the soul there is neither birth nor death at any time. He has not come into being, does not come into being,and will not come into being.He is ever existing." So when the soul cannot die, how can it's subconscious die? The dreams pass on, carry on into the soul's next life and thus remain forever, eternal. The aspirations,the dreams one fulfills, remain in the world forever,and those which remain unfulfilled are carried on and on.'Memories remain unslain though the body is slain.'

AYUSHI JAWANPURIA
(ig: ayushijawanpuria, implicit_words)

Ayushi Jawanpuria a free lance poet born in the season of summer in the month of April. She is attracted towards the contents related to love, life and family. Her brilliance reflected in ' Shades of black' is heart melting. Her poems portrays her experiences towards the society. She penned her feelings, her pain in this anthology.

काश (PART 1)

काश तुम मेरी ज़िंदगी में आए ही ना होते,
काश तूने मुझसे दोस्ती की ही ना होती,
काश तुम मेरे करीब आए ही ना होते,
काश तुमने मेरी अनकही बातों को समझा ही ना होता,
काश तुम्हे मुझसे मोहब्बत हुई ही ना होती,
काश तुम मेरे ज़िंदगी में आए ही ना होते।।

काश तुम मेरी रूह को इस कदर ना छूटे की मेरा रोम रोम तुम्हे पाने को तरसे।
काश तुम इतने ज़िद्दी ना होते कि मुझे बिना देखे नाही कुछ खाते ना पीते।
काश तुम इतने पागल ना होते कि मुझे देखे बिना नाही तुम्हारी सुबह होती ना शाम।
काश तुम्हारे अंदर अभी भी वोह बचपना ना होता जिससे मुझे प्यार हो गया है।
काश तुम मेरे टूटे टुकड़ों को ना जोड़ते और नाही मैं तुम्हारे टूटे टुकड़ों को जोड़ती।
काश तुम मेरी ज़िंदगी में आए ही ना होते।

काश तुमने मुझसे इतना प्यार ना किया होता की में भी तुमसे प्यार करने पर मजबूर हो जाऊ।
काश हमारी रात लड़ कर और सुबह वह गुड मॉर्निंग मेसेज के साथ ना होती।
काश एक दूसरे से दूर होने का डर हमें बेचैन ना करता।
काश हम रोज़ लड़ते नहीं, और लड़ कर संभलते नाही और नाही हम और करीब आते।
काश कॉलेज में हम वह छोटे छोटे पल ना जीते,
और काश तुम मेरी ज़िंदगी में आए ही ना होते।
काश तुम मेरी ज़िंदगी में आए ही ना होते।।

काश (PART 2)

काश तुम मेरी जिंदगी में आए ही ना होते,
तो मेरी हंसीन सी जिंदगी नर्क ना बनी होती,
काश तुम्हें मैंने इतना सर पर न चढ़ाया होता,
तो तुम्हें अपने मनमर्जी करने का मौका ही ना मिलता,
काश तुम मेरी जिंदगी में आए ही ना होते।

काश मैंने तुम्हें इतनी छूट ही ना दी होती,
तो तुम ने मुझे इतना परेशान ही ना किया होता,
काश मैंने शुरूआत में ही तुम्हें तुम्हारी गलतियों का एहसास करा दिया होता,
तो तुम्हारे गंदे हरकतो को इतना बढ़ावा न मिलता,
काश तुम मेरी जिंदगी में आए ही ना होते।

काश मैंने तुम्हें उस दिन एक थप्पड़ लगा दिया होता जिस दिन तुमने मुझे
पहली बार मेरी मर्जी के बिना छुआ था,
तो तुमने मुझे हर बार बिना मेरी मर्जी के छुआ ना होता,
काश मैंने तुम्हें अपनी कमजोरियों से रुबरु ना कराया होता,
तो तुमने हर पल उसका फायदा उठाया ही ना होता,
काश तुम्हें मैंने जिंदगी की सच्चाई से शुरुआत में ही मुलाकात करवाया होता,
तो तुमने मेरे साथ इतने नीच हरकतें की ही ना होती,
काश तुम मेरी जिंदगी में आए ही न होते,
काश तुम मेरी जिंदगी में आए ही न होते।।

एक हवा का झोंका...

नाही अब वह इरिटेटिंग मॉर्निंग अलार्म होंगे,
और नाही मम्मी की रोज की चिक चिक ।
नाही अब हम स्कूल देर से जाएंगे,
और नाही अब देर से पहुंचने की पनिशमेंट होगी।
क्यों की एक हवा का झोंका आया और अपने साथ सब ले गया।

अब नाही हम वह चोती छोटी शरारतें करेंगे,
और नाही हमारी शरारत देख टीचर्स हसंगे।
अब नाही सांभर चटनी कि मनमोहक खुशबू होगी,
और नाही हम किसीको बकरा बना कर उससे पैसे खर्च करवाएंगे।
अब एक ही थाली में हम चार लोग मिल कर खा नहीं पाएंगे यार।
क्यों की एक हवा का झोंका आया और अपने साथ सब ले गया।

अब दोस्तो से मिलने के बहाने ट्यूशन जाना नहीं होगा,
और नाही अब वह टपली वाली चाय का मज़ा होगा।
अब उनके साथ वक्त गुजारना नहीं होगा यार।
क्यों की एक हवा का झोंका आया और अपने साथ सब ले गया।

अब नाही वह स्कूल होगा और नाही वह स्कूल के दिन,
अब नाही वह टीचर्स रहेंगे और नाही उनकी पनिशमेंट,
नाही अब वह यार होंगे और नाही उनका याराना,
अब वह खट्टी मीठी नहीं होंगी यार,
क्यों की एक हवा का झोंका आया और अपने साथ सब ले गया।
एक हवा का झोंका आया और अपने साथ सब ले गया।।

DHRUV PRAKASH
(ig: i.m.polaris)

Dhruva Prakash is from Jamshedpur, he is 19 and he writes whatever that storms through his mind. He's into animation and graphics designing. He is a kind of person who smiles no matter what. Nothing much.

"I came back home after a
Long time and as always I
Saw that beautiful women
Standing by the gate waiting
For me with numb eyes and
A smile of relief. She's looked
Beautiful as always, I looked
In her eyes and felt peace
And love after such a journey.
I hugged her and Said……"
I LOVE YOU MAA

Says an Army Commander

काबिलियत

काबिल हम तब भी थे,
काबिल हम अब भी है।
उस समय मेरे काबिलियत को
कोई पहचाना नही।
शायद इसीलिए ज़िंदगी से
अनजान थे।
तुम थी मेरे साथ पर शायद
तुम्हारा भरोसा ना जीत पाया,
तुमने मेरी हार देखी पर मेरा
काबिलिय ना देख पाया।
आज लोग हमे समझते हैं,
हमारे काबिलियत की तारीफ
करते है, चला हूं आज बिना

पर के उड़ने और आसमान चूमने
बस गम इस बात का है,
काश तुम थोड़ा और ठहर जाती।
काश कुछ कदम तुम भी साथ साथ
चलती एक साथ हमारी उड़ान छूने।

●●

You promised her to stay forever with her, to lover her forever because
she's beautiful ?
Love her unconditionally because beauty doesn't stay forever but love
do.

●●

It doesn't matter if you have a castle full of friends in your life because
you can't be happy until you leave that dark basement inside your head.

●●

I got used to living without you and your love by now, but still, deep
down, sometimes at midnight my heart whispers "It's a bit dark in here."

●●

HARSH GAURAV
(ig: harshgaurav97)

Harsh Gaurav an introvert writer, born on the very first day of the month june. He writes only for the sake of happiness.He tried his best to give loveable quotes in this anthology.

सबूत चाहिए था न तुझे प्यार का
तो सुन....
दी हुई तेरी उन कसमो को दिल ने
आज भी संभाल कर रखा है।

....

इश्क़ का वो हद हुन मैं
जिसके आगे तू कभी बढ़ी ही नही
तेरी कहानी का वो हिस्सा हुन
जो दिल से तूने पढ़ी ही नही

....

इन मचलती हवाओ
में, याद तो करता
होगा कोई मुझे भी..

है कौन वो, पता है
हमे भी और तुम्हे भी...

गजब की मोहब्बत
करि है मैंने, जिससे हुई
है उन्हें पता ही नही....

पर हालात मालुम
है हमे भी और उन्हें भी

....

They said give love a second chance even world war happen twice...
But they don't know that world war
Destroyed too many life's.

Stop touching the wounds
If you want it to heal,
But
Sometimes you are in love with the wounds
And you don't want it to heal.

I am no longer addicted to the possibility of us.

Don't expect her to play her part, if you have other girls auditioning for her role.

My love for you is an Asset but it will never depreciate.

Sometimes you need to realize that …
Why would you wanna be second best to anybody and what are you
fighting for at the end to be second best to a girl or to have a girl who
treats you like your the only one for her.

<u>*KATYANI KUMARI*</u>
<u>*(ig:_.honey._2922)*</u>

Katyani Kumari is from Jamshedpur, she is 17 and she studies in JH Tarapore School. She loves writing poem, stories, lines and quotes. It's been a year since she started writing and since then she find herself in every word she writes. She writes whatever she feels and thinks should be captured in words.

DADY

The man who held my hands When
I was small,
The man who catch me when
I used to fell,
The man whom
I first loved,
The man whom
I first saw,
Is world to me and he is no one else but my dad...

■■

YESTREEN

In the in emic path;
Walking under those grey skies in winter days,
Filled with heavy clouds and fogs all around,
In those shivering cold nights finding stars and moon intensely beautiful;
Which is kalon with my love having an aingulomanio,
In those moon's reflection on the side path following while walking;
The moon finding it soothingly with stelliferous all round; and the splang
of stars following it.

■■

Observation without evaluation is the purest form of love

■■

Being together is like warmth of sun in those winter brumous days
feeling the whole universe that triggers emotional responses too deep and
mysterious feeling your warmth that I crave with all my might...

■■

Our love is perennial full of solicitous for each other and the sweet
presence of your thoughts makes me miss you ...
■■

KISHAN GUPTA
(ig: kis._han._1930)

He is Kishan Gupta, a 17 year old boy, who lives in Jamshedpur. He loves moonlight, strolls on the beach, and red roses.

Just kidding! He is not a fan of any of these things. More rather his friends would describe him in a more beautiful way. He is a good listener, hockey player at State level, and a kind hearted boy who loves to meet stranger though Social Media.

तुम्हारा मेरे शहर से क्या ताल्लुक
क्यों मुसलसल आना जाना कररही हो।
हम तुम्हे पसन्द आ गए है क्या
जो अपनी खिड़की से हमे इशारा कररही हो।

• •

आप दिल तोड़ने का हुनर आज़माएं,
मैं दिल जीतने का शौक रखता हूं।
चाहे कितनी ही न हो होशियरियाँ मेरी,
बस एक उसके आगे नाकाम हो जाता हूँ।

बस उसकी एक झलक पाने को लूट गए हम सारे के सारे ,
हाथ जो थामा उसने मेरा,
उलझ गए उंगलियों के बीच जज़्बात हमारे।

ये बेवजह सी मोहब्बत अक्सर तुमसे हो जाया करती है,
कुछ हादसों के वजह नही मिलते,
कुछ इश्क़ को आप महसूस कीजिए,
मोहब्बत में अक्सर अल्फ़ाज़ों को जुबा नही मिलते,
दिल जितने की चाह में जब हम खुद दिल हारे,
उलझ गए उंगलियों के बीच जज़्बात हमारे।

एक फसाना है.. जो साथ तुम्हारे लिखना है,
चलो अब दुनिया से बगावत करने चला हुन,
तुझे पाने की उम्मीद के सहारे।
उलझ गए उंगलियों के बीच जज़्बात हमारे।

• •

The one who departed quite early…

A month and 4 weeks have passed since we spoke to each other. Not to forget 1000 minutes since we met each other. But you know what? I miss u. Yes, I miss everything about you, and about us. My heart still craves for you.

The Denim you left behind still smells as my favourite perfume. And I still put it on when I think about you, about us. I don't know where you are but I pray you are absolutely fine and doing well there. Was it so easy for you to leave me? My pen still bleeds memory in the form of beautiful words. My mind quivers when I hear your name and my verses ooze your chronicals.

Is heaven such a beautiful place that you have decided never to return to me? What it is? I need you. Did u get that? Come back, come back right now! Scribbling this I realised that you can no more hear me. It was too hard for me to accept that you are no more with me.

I miss hangouts with you. The gossip we had, the girls we stock, the people we mocked. This place is no more the same without you. Everything and everyone has changed, just your memories remain constant in my mind.

I wish this letter reaches you somewhere and you realise your mistake of leaving me alone. But remember you had left the world. But you still reside in me, my words and my poetry and you always will. See you soon in heaven, until then just take care of yourself and me.

- -

मेरे खुशियों के जहान को, ग़मो का आसमान बना कर रखा है
लबों पे हसी है, आंखों में आसुओं का तूफान बना कर रखा है
कभी गुजरना हो मेरी गली से तो मेरा घर भी देखती जाना,
एक हस्ते हुए मकान को, तुमने समशान बना कर रखा है।

- -

अरेअरे

अभी तो सुबह ही हुए थी
न जाने किसने रात कर दी!
तुम्हे जी भर कर देखा भी नही
और तुमने तो जाने की बात कर दी।

MEENAKSHI PERIYASAMY
(ig. meenakshi_1812)

Meenakshi Periyasamy; Suppressed emotions finds freedom through her words. Writing discovered the unknown version of her.

One last time I wanna call you as mine

Everytime I hold my pen
My mind drifts back to you
Involuntarily it inks you out
Words finds its way to reach you
Happiest moments with you seek refuge with cruel pain
Forgive and forget my mind instructs
You can forgive someone who has done something wrong to you
But only thing you have ever done was to shower your love on me
How does it tantamount to wrong??
My heart questions me
Not only this, there are so many questions hanging out between us
unanswered
More than questions haunt me, it's our memories which haunt my nights
Sorry, even my dreams are not excused
Cozy blanket and soft pillows are no longer comfortable
As most of the time it was your arms
on which I slept on
Smiling in your memories causes thorn pricking pain in my heart
Tears replaced the thunders when my ears tastes your name
Inspite of everyday survival in the pain of death, corner of my heart still
extracts love for you
Distance is nothing, but the silence between us are miles apart
Waiting in the path we created
Alone, I see light of hope dimming
Maybe there's no point in standing
But my legs can't move an inch
Wherever I go, be it any place on earth
My eyes wanders in search of yours
Even before the search I know
I can't find you, yet I'm helpless
Days with you had been the most colourful and beautiful days ever
Each and every moment has its own story to recite
Our story is the most beautiful one
I claimed with pride

Memory forgets that every story has an ugly side too
Maybe our ugly side proclaimed it's existence , when the gap between us
started pulling us apart
Each day of silence enhanced it further
The more I tried to fill it with love
The more the gap separated us Like the final hearing the worst day came
Without looking into my eyes
You renounced our love
Unable to process your words,
I shattered down
My dream, my love, my life everything breaking down into pieces
With a heart breaking goodbye, you walked away
Even at that time, my ever loving heart
wanted to have a final look at you
I know this picture is gonna haunt me
yet my eyes can't move away from you
Atleast now, at this time
One last time I wanna call you as mine

You. Are. Mine

Things I wanted to say but never did

I wanted to say you were my luminous moon in my blind darkness but
never did as I was afraid that I might be struck in eternal darkness
I wanted to say you were my exquisite poetry my pen inked but never
did as I was scared that my ink might dry up
I wanted to say you were my boon I never desired for but never did as I
feared my boon might turn into deadly curse
I wanted to say you were my ceaseless rain but never did as I was
worried that my fertile lands of love might become miserable doughts of
despair
I wanted to say you were the fragrance of my flowers but never did as I
can't see my redolent flowers withering away

I wanted to say that you were the path which always guided me the right
direction but never did as I guessed that there might be a dead end
I wanted to say that you were my smile ever adding beauty to my face
but never did as I was frightened that I might end up in tears
I wanted to say you were my euphonic music which I never failed to
hum but never did as I dread that it might become an awful noise
I wanted to say you were the reason for my very existence but never did
as I was terrified that it might be just a lie
which I kept telling myself
There's still so much to say
But I just can't
There is no point in blaming my fears
for keeping a full stop on my mouth
I still wonder what would have been the consequences if I had told you
everything
Maybe we would have gotten closer than before
Maybe we would have walked together holding hands
Maybe we would have always been there for each other
Maybe our love would have turned immortal
Maybe our journey of life would have been on a different path
Maybe...
I don't know
But I do know what had happened as I never did Maybe sometimes
Somethings are better left unsaid...

MONISHA RAGHUNATH DASAPPA
(ig: _monisha_dasappa_)

This is Monisha Raghunath Dasappa, hailing from Bangalore. Twenty something doctor to be and a poet at heart. Would like to augment her writing enough to call herself Ms. Caroline Rozario's protege, someday. Writing, more of poetry and less of prose has always been her refuge. From pepping boring classes with rhyme to pouring out what weighed her heart down. She owes it all to her teachers, parents and friends who have always been supportive.

Absence of colour

Of fear, mystery, and authority,
Evil, elegance, death and formality.
In heraldry, it's a symbol of grief,
Deep in mines, coals in sheaf.
Lush black hair down in a cascade,
Hue of hate, everything that's forbade.
It is the absence of colour,
Of faces, death-like pallor.

Abscise

Outside the window,
I see something that I cannot believe,
Skies look studded with stars like minnow,
Unravelling in layers, as you begin to skive.

Under the bridge,
I hear something that I cannot decipher,
Stagnant water, dancing over were the midge,
Unwinding in circles, as you swat at either.

By the brook,
I feel something that I cannot recognise,
Skeletons from the past, from farthest nook,
Unveiling the scars, as you begin to abscise.

Time totters

Dark knights of the vale,
Dead souls with faces, pretty pale.
White horses riding past the gale,
Cold swords to behead, hale.
Witch hazels are the harbingers of spring,
But tonight, fallen fowls shall sing.
Tenebrosity was split by the reflecting waters,
Time is no longer swift, it totters.

RITIKA RAJPUT
(ig: ritikarajput340)

Ritika the great is a teen girl. A poet and a motivational speaker. She is a network marketer too. She loves to put her passion above anything.

मेरी वो पहली मुलक़ात थी
मेरी जिदंगी की नई शुरुवात थी
वो मुझसे मिले
और मै उनकी रूह से
धीरे से उन्होंने मेरा हाथ थामा
मेरे दिल जोर से भागा
आहिस्ता से पूछ लिया उन्होंने केसी हो
मैंने कहा आजाद परिंदे जैसी हू
वो मुस्कुरा दिए
हम भी हस दिए
मै चुप थी वो
मुझे समझ नहीं आ रहा था
क्या बात बोलू
अपने दिल की किताब का कोन सा पन्ना खोलु
फिर मै भी नादान हो गई
अपने दिल की सारी बाते कह गई
चुपके से उसको सीने से लगा लिया
ऐसा लगा जैसे जन्नत है पा लिया
मुस्कान थी उसके चेहरे पे
हम भी हस दिए उसके कहने पे
वक़्त कब बिता पता नहीं चला
ऐसा लगता है वक़्त भी हमसे जला
अब जाने का समय नजदीक था वो हसीन पल और तुम्हारा साथ था तुम चले
अपेने घर को और
हम चले अपने घर की और
वो थी मेरी पहली मुलक़ात

अहमियत

कभी कभी दिल इतनी बुरी तरह टूटता है
जिसे अपना मान कर बैठो वहीं छूटता है
मेरा दिल तो रो देता है क्योंकि नाजुक है ना ये दिल
फिर सुनता नहीं किसी की बस खोया है रहता है कोई कुछ कहे तो उसमे भी
हस देता है
क्योंकि नाजुक हैं ना ये दिल
अब तो तन्हाईयो ने लुटा है
अब तो किसी खास का हाथ छूटा है
मुझे कोई दिलचस्पी नहीं इस दुनियादारी में
क्योंकि रूठी हमसे दुनिया सारी है
रूठना मानना तो लगा ही रहता है
हम तो उन्हें बिना गलती माने माफ कर देते है
क्योंकि नाजुक है ना ये दिल
फिर हमारा दिल बार बार माफ करने की इजाजत नहीं देता है
दिल बोल देता है
कभी उन्हें भी तो एहसास हो दिल छूटने का दर्द और किसी खास साथ छूटने
का ग़म क्या होता है
हम बस ये सोचते है की जल्दी से रात हो और उनसे जल्दी से बात हो पर
सायद उन्हें रिश्ते की अहमियत होती तो आज इनकार ना करते और फिर हम
उनके खयालों मै खोने का इंतजार ना करते है
क्योंकि नाजुक है ना ये दिल

जरूरत

तेरा हर जगह साथ चलना मुश्किल है

तेरा हर वक़्त प्यार जताना मुश्किल है

क्योंकि तेरे पास मेरा दिल है

माना कि तू व्यस्त फुरसत नहीं है तेरे पास

कम से कम ये तो पता कर लिया कर तू जीने की है किसी की आस क्योंकि

तेरे पास मेरा दिल है

तुझे तेरा प्यार उस समय याद आता है

जब तुझे तेरा मतलब याद आता है

मेरा दिल मासूम है

तेरे बिना थोड़ा गुमसुम है

थोड़ी कदर कर लिया कर मेरे

इस रिश्ते की

तुझे बता नहीं सकती तेरा दीदार चाहती हूं

बस थोड़ा सा प्यार चाहती हूं

इस कदर ना खफा हुआ करो हमसे

मन नहीं लगता है बिना बात के तुमसे

RISHABH VASHISHTHA

Name- Rishabh Vashistha,
co-founder of rodella technologies Pvt Ltd, project associate (IIT-madras)

चल तो सही

क्यूं कर रहा चिंता है तू,
तू बांध कर...
चंचल ये मन...
एक बार को..
चल तो सही.......

चल तो सही उस राह पर,
जिस राह थे..राम चले
तू चमक चांदनी छोड़ कर
घर छोड़ कर...कुछ देर को
किसी रावण के वास्ते..
मर्यादा के रास्ते
चल तो सही...

चल तो सही उस राह पर...
जिस राह थे...श्याम चले
तू चांद सा शीतल लिए...
मन में करुणा..भीतर लिए..
किसी अर्जुन के वास्ते..
रणभूमी के रास्ते...
चल तो सही

चल तो सही उस राह पर,
जिस राह थे, चन्द्र शेखर आज़ाद चले,
तू मतवाली चाल चल, लिए हाथो में
धनुष गदा और बाण चल...

है मात्र भूमि चीखती...
सुन...
उस चीख ही के वास्ते,
बलिदान के रास्ते...
चल तो सही....
चल तो सही उस राह पर,
जिस राह थे, कलाम चले
तू चेष्टा को साध कर, कुछ और बाधा लांघ कर
करने को अम्बर में प्रकाश,
तू ज्ञान के इस तीर को, करदे अज्ञान के आर पार,
है तेरा रास्ता अब... चांद तारे ताकते,
किसी...चंद्रयान के वास्ते
चल तो सही.......

चल तो सही उस राह पर,
जिस राह थे, बोस चले
तू राष्ट्र के कल्याण को....चल एकता की चाल में...
हिम पर तिरंगा गाढ़ने, कुछ और शत्रु मारने...
नित देश की रक्षा ही में...
चल तो सही...

चल तो सही उस राह पर,
जिस राह थे..भगत सिंह चले,
तू फिर चटाने धूल... उस बैरी अरी को संघारने,
चूम कर फिर एक तिरंगा,अपनी धरा के वास्ते...
निज स्वतंत्रता के रास्ते...
चल तो सही...

चल तो सही उस राह पर,
जिस राह थे... गांधी चले...
लिए अहिंसा की ढाल चल...
साबरमती के लाल चल...
कर स्वच्छ मन.. तन पावन लिए...
तू सत्य का प्रकाश कर..
लिए हाथ में कलम..नए युग का आगाज़ कर..
एक राष्ट्र सुंदर जोड़ने, एक छवि सुंदर छोड़ने..
चल तो सही...
चल तो सही...

SAKSHI ROUT
(ig: sakshi_rout_)

Sakshi hails from Cuttack, Odisha and is a law student. She began writing during her darkest period and believes it heals her a lot. Writing is her passion and provides her mental peace. She's grateful to her parents, friends and supporters for always motivating and pushing her towards her dreams. Most importantly she's thankful to her sisters Millenium and Divyasa for shaping her the way she's today.
"Winners never quit and quitters never win": it's the motto of her life. Keep supporting her and to have view of her art pieces follow her on Instagram.
Instagram Id: sakshi_rout_

माँ...

कोई इंसान इतना अच्छा कैसे हो सकता है?
मैं गाली देके थक जाती हूं जब मेरा सामान इधर से उधर हो जाता है, और
तुम पलट के जवाब तक नहीं देती!
दीदी जब कॉलेज के लिए निकलती है,
तुम प्यार से बालों को सहला के बोलती हो बेटा पानी का बोतल तो लेते
जाओ!
पापा जब ऑफ़िस से टेंशन की पोटली के साथ वापस आते हैं,
तुम्हारे हाथ का चटाखेदार खाना खाके चैन की खर्राटे मारते हैं! तुमको हमेशा
यही कहा है की कितनी ओल्ड-फ़ेशन्ड की हो,
लेकिन अंतः में तुम्हारे ही पसंद के कपडे पहनती हूं!
माँ तुम इतनी अच्छी कैसे हो सकती हो?

■■

ज़िन्दगी!

अभी तो हसने को भी दिल डरता है,
कहीं दो पल हंसलिए तो हमहि पे ना भारी पड़ जाये!

जी तो घबराता है अभी खुशी के पल को जीने को,
कहीं दो पल जी लिए तो वापस से उदासी ना चजाये!

लेकिन ये ज़िन्दगी को तो जीना ही पड़ेगा चाहे हसके या रोके,
ये ज़िन्दगी तो बितानी ही होगी दोस्तों के सहारे,
तो कभी घर वालों की डांट खा के!

ज़िन्दगी को तो एसेही बदनाम कर रखा है बस कुछ छोटी छोटी बातों से,
ज़िन्दगी एक एहसास है,
ज़िन्दगी एक सुहाना सफर है,
आज हंसना है,
तो कल रोना!

आज हार है तो कल जीत,
और आज गिरना है तो कल उठना!

SIDDHI HELIWAL
(ig:heliwalsiddhi)

Siddhi heliwal welcomes you all to her world of words. She is pursuing CS and and very passionate about her Art .Her inspirations are her parents Mr umesh heliwal and Mrs Puja heliwal and also her close friends who supported her throughout her incredible journey.

Close friends like Mr shubham burnwal who approached her with this brilliant idea of showing her talent through this book and Mr Rishabh Agarwal her best friend who motivated her everytime and showed faith that she can also become a good author . She thank everyone for supporting her throughout her incredible journey

सुनते तो है कि दहेज लेंगे ही नहीं

"ना बेटी को देंगे "

"ना बहू से लेंगे"

लेकिन फिर भी समय आने पर क्यों दे देते हैं दहेज?

बड़े बुजुर्ग कह कर गए की दहेज देने से लड़की की ससुराल पक्ष में इज्जत होती है|.

लेकिन क्यों?

आजकल लड़कियां CA, CS, IAS, Engineering बहुत कुछ पढ़ कर आगे बढ़ चुकी है

तो फिर दहेज से इज्जत क्यों? दहेज ना देने पर लड़कियों को जला दिया जाता है|

उन्हें मानसिक तौर से गुजरना पड़ता है Mentally torcher किया जाता है लेकिन क्यों ?

लोग सोचते हैं हमारे एक के करने से क्या होगा?

" अरे भाई तुम एक करोगे तो एक हजार एक लाख एक करोड़ के बराबर है ऐसे करके पूरी दुनिया सुधर सकती है तो तुम क्यों नहीं?

सोच बदलने से बदलती है |

....

" माँ का प्यार "

हर किसी के किस्मत में तुम जैसी माँ नही होती।

मेने पिछले जन्म में बहूत पुन्य किआ होगा जो तू मुझे माँ मिली।

तूने मुझे ९ महीने अपनी कोख में रखा।

मेरी सारी बात बिन कहे समझना,

मेरी गलतियों पे मुझे डाटना ,

मुझे हर एक प्रतियोगिता में भाग दिलवाना,

हर बाहरी खेल में आगे बढ़ाना,

मेरी ज़िद्द करने पे मेरी ख्वाइश पूरे करना,

में जब हुई तोह तेरे चेहरे पे वो लाली दिखना ,

में चाहती हु की वो चेहरे की लाली बरकरार रहे सालो साल।

मुझे गर्व है कि मुझे तू मिली,

भगवान से यही दुआ करती हूं कि हर जन्म में माँ के रूप में मुझे तुम ही
मिलना माँ।

में तुम्हारा विश्वास कभी नही तोड़ूंगी माँ, मै तुम्हारे सपने पूरे कर के दिखाउंगी
माँ।

- -

तू उसे गंदी नज़रों से देखते हो,

और उसी दुर्गा की पूजा करते हो?

तुम उसी की कोख से जन्मे हो और उसी को गाली देते हो?

(मां बाप 5 बच्चों को संभाल सकते हैं एक साथ लेकिन जमाना देखो 5 बच्चे
मिलकर भी मां बाप को नहीं संभाल सकते)

16 december 2012 कि वह दर्दनाक याद हम सबके जिस्म में कांटे की तरह
चुभ रही है

इससे सिर्फ एक लड़की नहीं बल्कि मां बाप भी शर्मसार हुए हैं |

#सरकास्टिक

- -

जब तक यह कलम ना रुके

लिखते रहेंगे जब तक यह सोच ना रुके
लफ्जों को बयां करते रहेंगे जब तक जिस्म में है जान

* *

कितना बदल गया इंसान

पहले भाई को भाई बोला जाता था
अब भाई को इंग्लिश में कजन बोला जाता है
पहले भाई के बच्चों का परिचय
मेरा बेटा या बेटी
बोलकर किया जाता था
अब इंग्लिश में हमारे कजन के बेटे हैं या बेटी है
यह इंग्लिश हमारे समाज को ले डूबेग

* *

SHASHANK PATHAK
(ig: iamshashankpathak)

Shashank Pathak is a Software Engineer and a great observer. He is a philosopher by nature. His poems are fiction and the creativity of his mind. He even finds beauty in the ugliest things in the world and tries to pen down the beauty, cause and love.

It's started with the sparkling of my eyes,
Because of the moonlight falling from her eyes.
I somehow managed to ask, her FB Id.
We started chatting and at the end of day one…

I don't know why i'm not sleepy tonight,
Are you the reason why night seems bright?
I don't know where my heart began to stray,
Why unknown 'you', aforetime became special today?

I am falling for your soul and it's certain,
Body just like 'moonlight coming off the curtain'.
My presence betwixt 'em became formidable desire,
Dream of shadow on the curtain, turning me to fire.

Without Respect love has 'no existence' ",
You're a flower wrapped up with beauty and innocence. Something is
pulling me closer to you,
Feelings that were few, stronger they grew.

Got to know, why I was not sleepy tonight,
You're the reason, still believing this dawn to be night.
I still don't know where my heart began to stray,
Why unknown 'you', aforetime became special today?

Months passed and everything was going fine.
I began discovering the incredibility of the world.
I started admiring her, the most…
A day came when everything changed.
I was being ignored like, the 'Leaves of the Roses

Why its you always, who ignores me?
Don't you know how mch i love thee.

Haven't you ever thought that its my heart,
Same as your's and not one to be torn apart.

Knowing the fact that I could never be yours,
Framed some memories beside the shores.

All I am left with, is that feeling of ur touch,
Stolen by me and u didn't liked that, much.

I endeavoured alot to actualize love for me in you,
Shattered flight of fantasy of mine, was the ensue.

Reason of your ignorance is all I wanted to know,
Imprudent me, losing all the false hope which I owe.

Ceaseless heart breaks is turning me to blue,
And your silence left me alone, with no clue.

Each shedded tears blamed me for being so blind,
But Still left with dispute between heart and mind that,

Why its you always, who ignores me?
Don't you know how much I love thee.
Broken heart whispers,
Be it her, who ignores you,
No one can love her more than you do.

24th may, 2013 was the day I saw her for the first time,
And after 4 years of suffering,
I found another 'me' inside myself…

Remember our first meet, in the month of may,
Your way of looking me took my breath away.
Hoped that you'll love me some day,
I was no more the one, that I began to portray.

Life started turning out to be new,
I don't know why and where, I flew.
Realized changes in me, that were few,
Unaware of the fact, that the reason was you.

Thinking of you became my chore,
You were my choice and that I adore.
'Someone' started living in my heart's core,
And I was not me anymore.

I heartily welcomed the transformations in me,
Although your demeanour, I never wanted to see.
'Hoping' one day you'll come to me with glee,
Because, I was not an abductee.

Shedding all my agonies in tears,
I have been anguishing for four years.
My prolonged 'wait' still peers,
For echo of those three words in my ears.

And, that 'someone' questions me from my heart's core, That, 'who is she'
for whom I am not me anymore?

SOMMYA BHARDWAJ
(ig: Zindagi_ki_kitaabo_se)

Name- Sommya Bhardwaj,
Education- graduate from University of Delhi (2017) , pursuing b.ed
(GGSIPU) 2018-2020, MA English (IGNOU)2019, pursuing MA
Education (jamia milia islamia) 2019-2021

बेटी मां-बाप का गुरूर

क्या बेफिजूल कहा है किसी ने

"बेटी बनकर आई है मां बाप के जीवन में
बसेरा होगा उसका कल किसी और के आंगन में"

बेटी कली है मां- बाप के जीवन की
क्यों बनेगी तुलसी वो किसी और के आंगन की,

ये रीत भगवान् ने जरूर बनाई होगी
पर बेटी अब किसी कीमत पर नहीं पराई होगी,

कलयुग के बेटों से नहीं अब उम्मीद अब ज़माने को
बेटियां दी है रब ने मां बाप का आंगन महकाने को,

पढ़ेगी लिखेगी आगे बढ़ेगी
बेटों से नहीं अब दुनिया बेटियों से चलेगी,

अब हर मोड़ पर वो मां बाप का सहारा केहलाएगी
अब ये दुनिया बेटियों से जानी जाएगी...!!

खून की नदियां

खून से नदियां भर गई
बेभरा नहीं क्यों तेरा मन,

बहनों ने भाई खोए है
लाल पड़े है ओढ़ कफ़न,

गांधीजी के देश में कैसा
गए कोहराम मचा है,

इंसानों के भेस में क्यों
तूने शैतान रचा है,

देख कर ये हाल ज़मीन का
तड़प उठा अब नील गगन,

खून से नदियां भर गई
भरा नहीं क्यों तेरा मन,

उन जांबाजों की महरबानी से
खिल उठा संगीन वतन,

उन वीरों की कुर्बानी से
है चहक रहा हर तरफ अमन,

मातृभूमि के उन पुत्रों को
दिल से है शत्- शत नमन,

खून से नदियां भर गई
पर भरा नहीं क्यों तेरा मन
पर भरा नहीं क्यों तेरा मन....!!!!

SUSHMA JHA
(ig: sush_forgotten_letters)

Just a simple small town girl..!! The seed of writing was sown by SYDNEY'S BLOODLINE… Still get goosebumps reading those adjectives... but my nouns are simple like straight line with infinite dots..!!

-|Vestiges |-

Myriad verses untold
Probing my ethereal feelings
Moonlight marginalizes thee memories
With velvet creamy light
Frozen wind with sorrowful silence
Sapphire blue water throbbing my heart
I gasp sitting in emerald green grass
Hatred ascent in my eyes
Cloud blurry the moon
Tint lights pinch my soul..
Still I spent my night near nebula sky

■■

With ages and ages people will enshrine
Their immortal love ascending with a period of time
They cherish each other with fingers crossed
In coffin without flesh their part..
Stories passes from generation to generation
But Romeo Juliet lived in the heart..
Inside coffin as a skeleton of love..
When death came near T
hey became forever Graveyard - a guilt-framed place
Had a love story of ages
But without the protagonist to be together Romeo was for Juliet
But heartbreak left them apart..
With the resentment and enmity society gave them
Silently they sleep in a graveyard
Making coffin a bed of love
And death for being eternally recognized
Romeo Juliet redefines evil words of life
Graveyard - a place to worship love
Broken heart when alive and swan of love when the soul left their figure
■■

I am sorry if I disappear in ashes
My roots are dust
But not of Phoenix
It's a reminder to all my dearies
Please don't wait in the path we pave
I will be the eye of the cosmos
Holding gravity of immaculacy
Make fringes in the path
To shut the memories we had
Coz, I exist in the viscous circle of life
In today's disappearance
Somewhere I will be relentlessly roaming
Dreaming of the castle I built in space
For ages not to decay With moss and desire

SHADOW

Origin started
With my thunder on Earth
Like immaculate fellow
We walked. You seize on me
But in dimension to oppose
As night crawls
Your vestiges disappear
Your existence was aphotic like Amawashya night

Your reflection is spiking
Showing the cruelty of life
My parts will be burnt
In ashes as black as yours
And I will be submerged
In the dead sea you love
Holding the ground like
Painless fellow

I started it with life
A philosophy of laugh
And a shine of dawn
With a music of cosmic path
It seemed perfect to have
A life with no regrets and misfortune
But deep down in the valley of mine
I found a broken part
Corroded with Love And Misery
Hopes were fading in the sky
Numbness of future
Was all I had
But with the faith of Almighty in my heart
I walked by
Letting other sees an illusion
Of my life with no regrets and Misfortune